HISTÓRIA DO BA

História do Ba
© Topipittori, Milão, 2016
   Título original: *Storia di Ba*
   http://www.topipittori.it

© Palavras Projetos Editoriais Ltda., 2024.

RESPONSABILIDADE EDITORIAL
Ebe Spadaccini

EDIÇÃO
Denis Antonio
Vivian Pennafiel

REVISÃO
Beatriz Pollo
Patrícia Murari
Simone Garcia

PROJETO GRÁFICO
Anna Martinucci

DIAGRAMAÇÃO
Silva Machado
Simone Scaglione

PRODUÇÃO GRÁFICA
Isaias Cardoso

IMPRESSÃO E ACABAMENTO
Gráfica Printi

DADOS INTERNACIONAIS DE CATALOGAÇÃO NA PUBLICAÇÃO (CIP) DE ACORDO COM ISBD

G735h   Gozzi, Annamaria

     História do Ba / Annamaria Gozzi ; traduzido por Luciana Baraldi ; ilustrado por Viola Niccolai. - São Paulo : Palavras Projetos Editoriais, 2024.
     32 p. : il ; 20,0 cm x 27,8 cm.

     Tradução de: Storia di Ba
     ISBN: 978-65-6078-063-7

     1. Literatura infantil. 2. Alfabetização. 3. Alfabeto. 4. Letras. 5. Palavras. I. Baraldi, Luciana. II. Niccolai, Viola. III. Título.

2024-1721   CDD 028.5
                        CDU 82-93

Elaborado por Odilio Hilario Moreira Junior - CRB-8/9949
Índice para catálogo sistemático:
1.   Literatura infantil 028.5
2.   Literatura infantil 82-93

1ª edição • São Paulo • 2024

PALAVRAS

Todos os direitos reservados à Palavras Projetos Editoriais Ltda.
Rua Padre Bento Dias Pacheco, 62, Pinheiros
CEP 05427-070 – São Paulo - SP
Telefone: +55 11 2362-5109
www.palavraseducacao.com.br
faleconosco@palavraseducacao.com.br

Annamaria Gozzi e Viola Niccolai

HISTÓRIA
DO BA

Tradução
Luciana Baraldi

1ª edição • São Paulo • 2024

PALAVRAD

Havia, na África, a aldeia de Tomi. Era uma pequena aldeia sobre uma rocha cheia de buracos, como um formigueiro. Vovô Ba dizia que foram duas estrelas que fizeram os buracos nas rochas, muito tempo atrás, quando céu e terra ainda estavam próximos.

Tomi conhecia aquela história de cor. E sempre que via um grupo de crianças ao redor do velho Ba, debaixo da árvore do Galam, ele se sentava para ouvir.

"Conta-se que tudo começou de um grãozinho. Naquele tempo, o universo era vazio e o mapa do mundo ficava guardado em um grão de painço.

Então, um dia, o grão se rompeu e apareceu a Terra, com todos os elementos e as plantas, com humanos e animais menores que aquele grão. Tudo era minúsculo até que começou a chover e a chuva inchou o mundo até o céu.

Céu e Terra estavam tão próximos que as mães precisavam apenas levantar os braços para colher estrelas. Elas as levavam para que as crianças pudessem brincar, girando-as feito pião. Depois, as mães colocavam as estrelas de volta em seu lugar e, assim, voltavam a brilhar.

"Com o céu assim tão próximo, acontecia que as mulheres, enquanto socavam painço nos pilões, esbarravam nele o tempo inteiro. Um dia, uma mulher levantou o bastão do pilão com tanta força que o céu se afastou, ficando da forma como o vemos hoje.

Enquanto se afastava, dois pedacinhos de estrela caíram dentro do pilão cheio de painço. Então o painço foi rolando em direção a todas as terras do mundo até chegar à África, onde as estrelas fizeram buracos na rocha e o painço germinou nos campos.

Entre aquela rocha e aqueles campos nasceu o Povo das Estrelas, nossos antepassados, que continuaram a semear os grãos do pilão.

"O pilão vazio guardou por muito tempo a memória do céu, então, um dia, um animalzinho recém-nascido e com frio se refugiou nele. O animal permaneceu tanto tempo no pilão que cresceu ali dentro e o preencheu completamente, até que brotaram suas quatro patas.

Foi assim que nasceu a Tartaruga, nosso animal sagrado, que ainda temos em todas as cabanas.

A Tartaruga tem o casco arredondado do Céu e a forma plana do solo da Terra. A Vida mora no meio. Nas costas da Tartaruga está desenhado o mapa de como os campos são cultivados, e as escamas secas de sua pele revelam a sede de água.

Quando os agricultores veem a crosta dos campos ondulando feito pele de tartaruga, eles sabem que é hora de pendurar redes sobre as cabanas para prender as nuvens e pedir chuva".

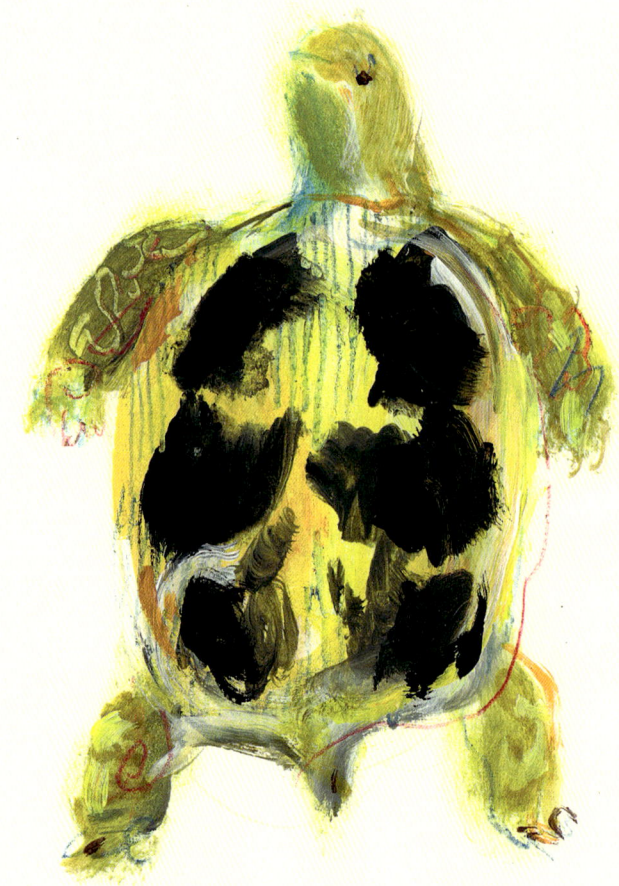

Um dia, Tomi também cultivaria painço. Já era capaz de prever a chegada da chuva pelos movimentos dos insetos, conhecia a época de semeadura e as formas de fermentação de cereais. Logo usaria máscaras com os outros homens da aldeia para agradecer os grãos que enchiam os celeiros e as sementeiras e que davam aos campos aquela cor dourada.

Quando falava da chuva, o velho Ba sempre parava, levantava a cabeça e olhava para longe. Ele estava quase cego, mas ainda assim parecia ver algo além da aldeia e dos campos. Ficava parado, com as mãos cruzadas acima da cabeça, ouvindo os ruídos trazidos pelo calor. Então, ele retomava a história.

"Assim que nasceu, a Terra começou a falar, e a sua voz foi a primeira linguagem, a mais antiga de todos os tempos. Sobre sua linguagem formou-se a Palavra dos homens, também ela feita de Água, Ar e Fogo.

A Palavra nasce silenciosamente em forma de água, aquece-se no fogo do coração e torna-se ar. A palavra do ar sobe até a garganta, pega som e sai pela boca. Imediatamente, entra no ouvido de quem a escuta, torna-se água novamente e flui para o novo corpo.

Palavras com muito fogo
trazem raiva;
aquelas cheias de ar
somem rapidamente.
Boas palavras unem as pessoas.
Palavras doentias trazem azar".

Ba era guardião das boas palavras. Dizia que eram palavras vivas, capazes de entrelaçar os fios da história, desde o seu início. Mas ele temia os perigos das palavras doentias. Ba dizia que quem pronuncia palavras doentias abafa a voz da Terra, perde os mapas e não sabe para onde ir.

O velho Ba tinha um lugar para ir: debaixo da árvore Galam, ele continuava a contar.

Na época da colheita, quando os celeiros da aldeia estavam cheios de painço, ele ficava sentado debaixo da árvore até tarde da noite. Ba agradecia os presentes do Povo das Estrelas e procurava, com seus olhos agora cegos, mapas no céu. As noites eram tão densas de estrelas que sussurravam histórias de quando seus ancestrais conseguiram tocar aquele céu e colher estrelas dele.

"As crianças as perfuraram com um fuso e giraram aqueles piões de fogo para mostrar umas às outras como o mundo funcionava", vovô Ba continuou a contar.

Certa noite, Tomi também começou a contar a história. Ele disse que não era mais uma criança, estava se tornando um jovem forte e iria cultivar os campos de seu pai. Ba então disse algo que Tomi nunca tinha ouvido: "O que você herdou pertence a você, e seu filho herdará de você".

Da aldeia, o som de um tambor acompanhava as suas palavras, e era difícil distinguir o tocador de tambor do narrador.

Até as tartarugas saíram das cabanas e redesenharam tudo em um único mapa sobre a voz da Terra.

O tempo passou, o velho Ba continuou a contar, mas sua voz ficou mais fina, e às vezes ele perdia algum trecho da história que havia iniciado.

Uma noite, enquanto dormia, sua alma saiu para passear. Sob a lua branca, ele vagou pelos campos adormecidos, respirando a brisa morna. Já fazia alguns dias que os agricultores estavam semeando, e a terra parecia desnuda. A alma de Ba apenas moveu a terra para ver se tudo estava em ordem e, assim que viu um grão de painço, se enfiou dentro dele. E lá estava a Terra, com todos os elementos e plantas, com humanos e animais menores que um grão. Tudo era minúsculo e estava esperando pela chuva.

A alma entendeu que havia voltado para casa, se aninhou naquele berço entre a terra e o céu e se esqueceu de entrar novamente no corpo de Ba, que nunca mais acordou.

No dia seguinte, as mulheres da aldeia penduraram a Grande Máscara na gruta do vovô Ba para avisar que ele estava morto. Prepararam tambores, máscaras e enfeites para acompanhar seu corpo até os braços de seus ancestrais.

Pouco depois chegou a estação das chuvas. Tomi já havia crescido, mas não se conformava com a ideia de que o velho Ba havia partido. Muitas vezes caminhava pelos campos repetindo as histórias que ouvira dele tantas vezes.

Então, uma noite, viu algo se mover. Já estava quase escuro, mas, mesmo com pouca luz, o menino notou um broto de painço, o primeiro de toda a estação.

E, naquele broto, naquela antiquíssima promessa de espiga, a alma de Ba balançava.

Então, Tomi pensou nas terras da aldeia que passaram das mãos dos pais para as dos filhos. Ele olhou para o céu.

A noite estava tão densa de estrelas que elas pareciam sussurrar histórias de quando seus ancestrais podiam tocar aquele céu e colher suas luzes. As crianças as perfuraram com um fuso e giravam piões de fogo para mostrar umas às outras como o mundo funcionava.

"Não sei como funciona o mundo", disse Tomi a Ba, "mas um dia semearei essa mesma espiga nos nossos campos, e a minha esposa colherá as estrelas do céu para os nossos filhos brincarem. Depois colocaremos as estrelas lá, em seus lugares, para continuarmos olhando para elas".

Havia, na África, a aldeia de Tomi. Era uma pequena aldeia sobre uma rocha cheia de buracos, como um formigueiro. Tomi dizia que duas estrelas perfuraram a rocha há muito tempo, quando o céu e a terra ainda estavam próximos. Era uma história antiga, uma das muitas que ele tinha ouvido debaixo das árvores quando era apenas um menino, mas nunca se cansava de contá-la.

Land grabbing – Roubar a terra

"A terra é nossa, é a mesma terra, a mesma aldeia onde viveram os nossos antepassados. Aqui as terras sempre foram conhecidas assim. Nossos ancestrais se estabeleceram aqui. O que você herdou pertence a você e seu filho herdará de você".

São palavras de Sao, chefe de uma aldeia africana, palavras ditas a uma equipe de televisão para denunciar o fenômeno do *land grabbing*, ou roubo de terras, por investidores estrangeiros. Sao é um velho quase cego, que conhece todas as histórias da sua aldeia, uma aldeia destinada a desaparecer.

Imagine acordar uma manhã e descobrir que sua casa foi vendida.
Na África isso acontece todos os dias.
Em muitas aldeias, como a do velho Sao, a terra é cultivada há gerações pela tradição, por meio da palavra. A ausência de documentos escritos torna legítima a venda de terras por governos corruptos a especuladores e empresas multinacionais. Os agricultores são expulsos das suas aldeias, de um dia para o outro, sem qualquer explicação.

"Quando cheguei, os vi destruindo o meu acampamento. Mas eu não conseguia falar. Fiquei tão chocado com a injustiça cometida por um humano com outro humano, que não consegui abrir a boca. Desde aquele dia o meu coração dói", diz Ousmane, um agricultor do Mali.

A apropriação de terras é uma nova forma de colonialismo que põe milhões de agricultores de joelhos. Apenas na África, falam-se de vários milhões de hectares de terras vendidos ou alugados a multinacionais. Um fenômeno crescente que também está levando à fome muitos outros povos de países do Sudeste Asiático, da América Latina e do Leste Europeu.

Alguém calculou que, a cada sete segundos, uma área de terra do tamanho do Coliseu (anfiteatro construído na cidade de Roma, Itália, em cerca de 70 d.C., com 155 metros de largura) é vendida a bancos e investidores privados que transformam a terra em intermináveis culturas de biocombustíveis destinadas a alimentar automóveis e deixar pessoas passar fome.

No entanto, os alimentos produzidos na Terra dizem respeito a um direito estabelecido pela Organização das Nações Unidas: o direito fundamental de cada indivíduo de não passar fome.

Para as comunidades de muitas aldeias, a terra não é simplesmente matéria-prima; é um símbolo cultural, uma força espiritual, uma riqueza que nunca poderá ser traduzida em dinheiro.

Tirar a terra dos agricultores significa privá-los não só de alimentos, mas também de tradições, de histórias, da sabedoria desenvolvida ao longo de milênios e transmitida de pai para filho.

Para saber mais:
www.oxfamitalia.org / www.terramadre.org / www.farmlandgrab.org
As palavras dos agricultores do Mali foram extraídas do Relatório Rai 3 (episódio de 18 de dezembro de 2011)

Annamaria Gozzi

Nasceu em Reggio Emilia, na Itália. Sempre apaixonada por contos de fadas, lendas e tradições populares, se interessa pela pesquisa e recuperação de memórias e testemunhos. Autora de livros e contos, colabora com o Teatro dell'Orsa na pesquisa e dramaturgia de espetáculos teatrais, no planejamento de eventos culturais e em oficinas de promoção da leitura para crianças e adultos. Seus livros já foram traduzidos na França, Turquia, Espanha, Coreia e, agora, no Brasil.

Viola Niccolai

Nasceu em Castel del Piano, uma pequena cidade do Monte Amiata, na Itália. Frequentou o curso de pintura na Academia de Belas Artes de Florença e o curso de especialização em ilustração na Academia de Bolonha. Suas técnicas favoritas são desenho a lápis, pintura e aquarela.

Seu trabalho foi selecionado para a exposição de ilustradores na Feira de Bolonha de 2012 e para a bienal de ilustração Ilustrarte, em 2014.

É uma das criadoras da exposição e do projeto do livro *Bosco di betulle*. Faz parte do coletivo *La trama autoproduzioni*. Também colaborou com a revista *Hamelin* e com *NY Times*. Em setembro de 2014, lançou seu primeiro livro ilustrado, *La volpe e il polledrino*, baseado em história de Antonio Gramsci.

Este livro foi composto com fonte Bauer Bodoni, impresso em papel couchê 150 g/m², pela Gráfica Printi, em julho de 2024.